LA BELLE

DU MÊME AUTEUR

Romans

L'Autre Vie, Gallimard, 2009.
Technosmose, Gallimard, 2007.
Maître-Chien, Phébus, 2004.
Journal d'un cœur sec, Phébus, 1999.
Fiasco, Phébus, 1997.

Essais

Chair philosophale, Edwarda, 2013.
Cailloux sur le chemin de Pan (sculptures et dessins de Zigor), Hegoa, 2012.
Le Devenir du Nombre, Stock, 2012.
Petit Éloge de la joie, Gallimard, 2011.
Présence d'esprit, Stock, 2010.
Palace forever, Distance, 1996.

Nouvelles

Les Filles de l'ombre, Phébus, 2002 ; rééd. coll. « Libretto », 2004.

Poèmes

Aux dimensions du monde, Léo Scheer, 2004.

MATHIEU TERENCE

LA BELLE

BERNARD GRASSET
PARIS

Photo de bande : © Virginie Luc.

ISBN : 978-2-246-80441-3

Au milieu du chemin de notre vie
je me retrouvai par une forêt obscure
car la voie droite était perdue.

DANTE.

1er jour

Je reviens de souffrir. Dans le dos de mes joies s'étirent les ombres de la fatigue au long cours qui nous a remis en présence l'un de l'autre, ma mort et moi. En m'installant à Grenade j'espère la remettre à sa place. J'aurai quarante ans dans une semaine. Depuis des mois, j'avance poings serrés, cœur en berne, regard d'accident et morsure de sourire au visage. Depuis des mois, un caillou de silence me barre le sang. À Paris, je voyais ma fin résumer l'horizon et ôter toute mesure à la chute qui me happait. Il n'était plus ni haut ni bas qui tienne. Je fendais la foule et son bruit bête, à la recherche du second souffle que je n'espère plus trouver qu'en prenant le temps d'écrire pour extraire de ma vie cette humeur maligne.

Je reparlerai de l'usure au creux de laquelle ma mort m'est à nouveau apparue, mais je dois d'abord dire comment je l'ai reconnue malgré l'air de petite habitude qu'elle prend pour se rendre invisible. J'avais neuf ans et j'ai repoussé ses avances, bien qu'elles aient un charme fou passé un certain degré de souffrances.

J'étais malade des poumons. En six semaines mon infection m'avait creusé les joues, les flancs et l'envie d'en rester là. Avant d'être hospitalisé, j'avais vu des cernes assombrir mes yeux. Devant le miroir où je me voyais maigrir, je m'étais représenté l'image de deux trous noirs rayonnant côte à côte sur ma face. Un film d'aventure de chez Disney m'avait appris les propriétés de ces phénomènes. Je m'observais être lentement englouti par deux de ces bouches d'ombre qui dévorent – cela me frappe encore quand j'y pense – jusqu'à la lumière.

Ravalé par une nuit sans bord, il n'y avait parfois plus que les embardées de mon cœur aux heures de fièvre pour m'indiquer quel chemin se frayait la Vie dans ma vie. Pareilles aux cailloux blancs du Poucet, les pulsations que l'existence semait en moi relevaient du grand jour. Elles faiblissaient cependant. Vint le moment de me nourrir par perfusion et de me placer en réanimation dans l'un de ces blocs de verre et de béton où le destin des êtres humains modernes débute, ricoche, et s'achève sous un treillis de néons basse consommation.

Je restais immobile toute la journée. Je dormais beaucoup. Les sourcils se fronçaient autour de moi, je déclinais. La tête me tournait au moindre mouvement. Le silence forçait mes tempes de moineau muet. J'avançais dans des carrières lunaires, les couleurs au ralenti, l'air étréci à se fendre. Des poignes de granit étranglaient mes poumons. Je respirais à peine pour ne pas tousser. Il y avait comme un jeu à se retenir. Je m'étonnais de mes jambes qui ne me portaient plus et s'allongeaient en maigrissant. J'aimais mes mains immenses qui planaient le long des draps durs. À la fin, j'ouvrais rarement les yeux. Un océan massif murmurait l'univers en moi.

C'est alors que nous nous sommes rencontrés, dans ce paysage de voix basses. Mon lit me semblait suspendu au centre d'une chambre oblique. Ma couverture avait un froissé d'écume sale. Le silence battait mollement dans mes artères. Au bout des couloirs, les infirmières patinaient sur des crissements de linoléum. Mes parents et ma sœur me veillaient. J'étais désolé pour eux mais sans plus, j'avais à faire. J'étais tout à la sensation en moi, et autour, et partout, d'un ailleurs *habité*. Quelque chose de solennel, de racé, d'étrangement familier aussi, animait l'instant. Car ma mort est d'abord un instant. Haut en douleur certes, mais haut en douceur aussi. À ce moment, j'étais intimidé – je le suis souvent avec les inconnues. C'est cette gêne qui m'a d'abord informé de sa présence.

Désarmante de naturel et, pour l'enfant que j'étais, d'une beauté déjà tentante, elle avait cruelle allure. J'eus soudain froid. Le corps engourdi, je sentis me quitter toute volonté sinon celle de me résoudre à son mauvais vouloir.

Je me tus, je ne voulais effrayer personne. Curieux d'en savoir plus, je faisais durer le désir. J'avais peur que l'on se rende compte de ce qui était en train de m'occuper : l'espèce d'état de grâce qui m'unissait à ma mort risquait de m'achever en se brisant. Cette infime prudence me fit comprendre qu'il n'était pas temps. Tout de suite, comme une évidence soufflée par un bon génie, je me mis au défi d'accomplir un geste, n'importe lequel, qui repousserait ma visiteuse. Au prix d'un effort surhumain que personne ne remarqua je réussis à saisir sur la desserte le verre d'eau auquel je ne touchais plus moi-même depuis une semaine. J'ai bu, j'ai guéri et je continue de ne pas rire des pouvoirs de ce que la doxa « psy » appelle du beau mot de « pensée magique ».

Par la suite je me suis demandé s'il ne nous était pas arrivé de nous être croisés, ma mort et moi, avant cet épisode fondateur. Comme tous les enfants j'imagine, j'ai été fasciné par les squelettes au point d'avoir un jour demandé à mon père – j'avais cinq ou six ans – s'il était possible d'aller en déterrer un au cimetière – il a refusé. Un an plus tard peut-être, la sœur aînée d'un copain de classe est morte d'une rupture d'anévrisme. Outre la peine éprouvée pour ce garçon qui ne m'était rien jusque-là, c'est le foudroiement d'effroi qui domina. Mais ces « rencontres » ne concernent pas ma mort en propre, ma louve comme j'ai fini par la surnommer ces derniers mois. C'est sa marraine la Mort avec quoi je faisais connaissance alors, de façon plus personnelle que par l'intermédiaire des décès, des nouvelles d'accident ou des récits de guerre dont le monde pourvoit la conscience d'un enfant, avant d'imposer à l'adulte qu'il deviendra l'empire qu'elle a sur le quotidien. Sans doute ma mort à moi me connaît-elle depuis ma conception, peut-être avons-nous vu le jour au même moment, mais je veux croire que nous avons mûri ensemble bien qu'elle l'ait fait à son rythme, pareille à ces animaux dont on raconte qu'à leur échelle une de nos années compte triple ou au contraire passe cinq fois plus vite.

Si je l'ai reconnue ces derniers mois, qui balafrait ma vie de ses passages en douce, c'est que cette date de mon enfance et aujourd'hui entrent en résonance. À cette époque, ma famille s'apprêtait à quitter la ville où j'avais été heureux depuis que j'étais en âge de sentir vibrer en moi, d'un coup d'œil vers le ciel, une éternité d'or bleu. L'enfance n'est pas un âge, c'est une dimension. L'opéra des opéras entendu de l'intérieur. Le royaume de la naissance infinie de l'instant. J'y aurai passé, quoi qu'il arrive, la moitié de ma vie. Les années qui m'éloignent d'elle augmentent son vivant diamant. Elle m'est présente dès que l'univers *parle* tout ce qui est, dès que la vie se prononce en sensations. Enfant, je vivais le cœur écarquillé. La nature, les gens, les objets me semblaient venir à moi pour se mieux connaître. J'avais des bonheurs simples et sans nom comme celui de me tenir debout bien droit sous les arbres de la forêt de Fontainebleau, histoire de me sentir à la hauteur de ce qu'il peut y avoir de grand en chaque être humain. Ces arbres ont plusieurs siècles de haut. Ils habitent leur force. Leurs feuilles clignent dans le jour. J'observais les larves vivre à moitié sous les écorces et je m'efforçais de n'être dégoûté qu'à demi. Elles me faisaient penser aux créatures des abysses et j'étais frappé par l'air de famille hideux de tout ce qui ne quitte jamais l'obscurité. Et puis le jour revêtait les fleurs et les feuillages profonds. Il était partout au centre d'un cercle de notes dorées. Il rapportait le regard que je lui lançais d'un bond de cœur qui cogne. Un rapace s'envolait, la gloire au corps. Je regardais les nuages et je mesurais la taille de leur silence. La lumière ratifiait mes joies. Je faisais mine de mordre le soleil, de manger les couleurs par la racine. Elles me nourrissaient comme la fleur embrasse le regard. Je voyais la vie comme le travail de l'aube quand elle fait un matin. J'éprouvais à plein l'épopée de chaque instant dans le présent total. On me disait « rêveur » : contempler, c'était *me* vivre. On me disait « crâneur » : avec beaucoup d'orgueil c'est vrai, je prenais racine dans mon avenir. Ce n'était pas les énigmes « des grands » que je redoutais, mais ceux qui prétendaient mieux me connaître que je ne m'y essayais.

Notre départ en secret de Fontainebleau est l'une de ces « énigmes de grands » qui m'édifia sur leur compte. Cet événement tailla ma vie à hauteur d'enfance et laissa là se ramifier ma mort. Nous sommes partis en cachette, comme des voleurs ou des fantômes, au lever du jour. Mes parents n'ayant pas eu le cœur d'avouer à leurs rares proches le cours matériellement catastrophique que le chômage avait fait prendre à notre quotidien, il était logique qu'ils n'osent pas avertir leurs relations d'une fuite qui avait cette faillite pour cause. Pendant un an, pour faire croire aux voisins qu'il était au travail, mon père resta toute la journée caché à l'intérieur de la maison. Au début des années 1980, perdre son emploi commençait à être vécu comme un échec personnel. Issu de familles de paysans du Pays basque, devenu ingénieur chimiste, se sentant sans doute un imposteur dans le milieu plus aisé qu'il fréquentait à Fontainebleau, il ne pouvait perdre la face en s'avouant mis sur la touche et dans le besoin. Il fallait quitter la région, accepter un travail moins valorisant loin de ceux qui croyaient nous connaître. Le rêve de mes parents d'une vie installée tombait en miettes et, bien que je fusse très jeune, je n'en perdis pas une. Leur sentiment d'humiliation me fut plus douloureux qu'il ne m'humilia.

Ma sœur aînée et moi avons donc eu pour ordre de ne rien confier à nos amis de cette fuite qui détournait une existence désormais vécue dans le mensonge pâle que chuchote la honte. Je n'ai pas dit au revoir à la petite fille que j'aimais et qui avait eu la fantaisie de me le rendre majestueusement pendant trois ans. Avec un tel amour, j'avais la vie tapissée de velours. Bien qu'elle fût incroyablement précoce et qu'elle m'initiât à des plaisirs qui me lièrent d'amitié avec mon corps pour le reste de ma vie, ce que je préférais c'était l'embrasser. Goûter au fruit mollé de sa langue. Des baisers bien juteux à chaque bouchée. J'adorais aussi ses mains douces comme des nids. La perspective de notre séparation, sur fond de ruine parentale, est pour beaucoup dans la maladie au plus froid de laquelle ma mort m'a visité pour la première fois à l'hôpital. En un sens, elle a gardé ce caractère d'amour perdu et d'exil puisque, au moment où elle a ressurgi, j'ai quitté non seulement Paris où je vivais mais aussi la France, et le destin a défait une autre liaison passionnée. Mais chut… « Sois sage, ô ma douleur. » La comparaison avec mon idylle d'enfance s'arrête là. Celle-ci déclencha en moi des Amazonies de songes persistants quand je dois recourir au laconisme des classiques pour évoquer l'histoire rompue cette année avec l'Arlésienne : « Elle m'a fait trop de bien pour que j'en dise du mal et trop de mal pour que j'en dise du bien. »

À l'époque, disparaître, car c'est effectivement ce que nous avons fait, me valut une de ces peines initiales dans lesquelles s'enracine l'envie de parler la langue natale de l'amour. Cet été-là j'avais dix ans. Je voulus cristalliser en mots – déjà – tout ce qui aura été. Je me mis à écrire *à n'en plus finir* la lettre que m'inspiraient des émotions déraisonnables – mes rêveries prirent l'opacité de l'hébétude et mes fugues un tour vertigineux. Je ne l'enverrais finalement pas à la petite fille à qui elle était destinée. Il n'est pas impossible que ce que je rédige ici en soit une manière d'accomplissement. Le fait d'écrire pour *se ressaisir* serait un autre point commun entre ma vie à l'époque où j'ai rencontré ma mort et la mauvaise passe au moins en moins large de laquelle je la revois croiser.

J'ai sauvé de l'enfance la chance d'être sensible à la minute urgente, de toucher des yeux toutes les saveurs des sons, d'écouter du regard les goûts de la matière. La chance de sentir vibrer l'énergie dont la vie fait un monde. La chance de savoir qu'il y a dans la joie quelque chose de plus implacable que le mal qu'elle traverse. J'en ai aussi retiré une complète défiance envers l'instinct de propriété, un athéisme animal vis-à-vis de l'argent. Parce que l'enfance en moi tient ma mort en respect, un paradis sans réplique me monte encore au cœur quand me sourit une passante habillée d'éventuel, quand l'eau d'une fontaine du Sacromonte, ici, fredonne le toujours dont la nature est capable. Mais cette dimension-trésor a été voilée par une constellation de Saturnes. La remettre en lumière noir sur blanc c'est me soustraire à leur magnitude de malheur et renouer avec ce qu'elle a d'indemne.

2e *jour*

Un soleil jeune a passé la tête par-dessus les toits. La vie dépose cette médaille de gitane au front du ciel. L'aube a été puiser sa lumière plus bas que terre pour refaire le jour en grand. Je suis à la terrasse d'un café encore fermé. Trois oiseaux éclaboussent de cris le parvis de l'église qui couve le quartier. Assise sur les marches, une gamine immobile regarde le silence des choses. Les ruelles blanches ruissellent de petits pavés lisses. Une brise mauve grelotte dans les glycines. Des bandes de lutins crevés sèchent aux balcons. Du rouge, du jaune, du noir commencent à flamber dans les jardinières des terrasses. Un ivrogne s'approche de la fontaine qui pisse doucement à côté de ma table. Il jette un peu d'eau sur la flammèche d'alcool tremblant dans sa poitrine. Les voitures savent où elles vont à présent. Ici, les pauvres ont encore le loisir de jouir du panorama royal qu'ils se sont choisi il y a sept ou huit cents ans. L'Alhambra sur le versant d'en face est un temple inca. Ses siècles de cuivre et de faïence infusent dans la ville. Il est la mer pour le port, la cime pour le chalet, il est aussi toutes les civilisations du monde au grand complet. Le contempler m'anoblit. J'ai choisi ma chambre pour la vue sur ses monuments de pierres et de magnolias, mais aussi pour le nom de la rue : calle Carmen de Dulce Nombre. Je me demande à quelle enjôleuse cette rue doit sa fraîche nudité. M'a-t-elle attiré parce qu'il y a le mot « nombre » dedans et que même s'il signifie « nom » en espagnol – Carmen au doux nom – j'y ai vu un signe vers la sorte de traité gnostique sur le Nombre que j'ai publié cette année ? Possible.

Entre sans doute dans l'inlassable lassitude qui a décidé de mon exil ici, la fatigue dans laquelle m'a conduit l'écriture de ce texte puis son remarquable – sauf exception – passage sous silence. Il faudrait qu'une oreille pousse au monde pour que ce livre soit entendu. Épuisant aussi, à Paris, ce rapport de tension dans lequel je me trouvais avec l'« époque » telle qu'elle *s'immondialise*. Clandestin de ce temps comme des quartiers où j'avais fini par ne plus vivre qu'en douce, je ne pouvais plus supporter les petits arrangements entre ennemis, la loi de la quantité, la morgue d'individus expropriés de leur propre destin. Et puis j'en avais assez de constater, y compris dans ce qui dépend du plus intime des êtres – les plaisirs, les désirs, l'imaginaire –, combien la déesse Société impose sa norme et la règle de l'absence à soi-même. En échange du moindre reniement, elle vous accepte à bras ouverts. C'est dans les difficultés matérielles, ou bien dans le doute, ou encore dans le sentiment de sa propre inanité qu'elle vient recruter chacun. C'est la déprime générale qui lui sert de piqûre de rappel pour remettre dans son rang somnifère les bons petits soldats de la consommation. Et si elle *fait corps*, c'est grâce à la médiocrité des aspirations qu'elle suscite.

Sans profession, sans génération, sans situation, l'énergie qu'il me fallait pour supporter les conséquences de ma non-conformité a fini par se tarir. J'avais le cœur lourd de mes livres mésentendus par un milieu littéraire où l'habit fait le moine et où l'éclectisme court-circuite les lecteurs de codes-barres. Je devais échapper à ma mort sous des latitudes où le quotidien meilleur marché ne me signifie pas la fin de non-recevoir qu'on se fait un devoir d'opposer à des zèbres dans mon genre. Car c'est aussi en filigrane de cette infirmité sociale que je l'ai revue en maraude, ma louve. Elle me guettait non pas au détour de l'épuisement que me valait l'hostilité réflexe de congénères d'abord mécontents d'eux-mêmes, mais dans le cas où je me déprécierais à mes propres yeux si j'en venais à me *ranger*.

C'est en réalité depuis l'adolescence et le départ de Fontainebleau que les traits de ma mort se sont affinés, sous l'influence d'un idéalisme dont je viens encore de faire la preuve sans doute risible. Au fond, rien d'étonnant. Elle gagnait en caractère au point de s'incarner dans mes rêveries sous l'apparence d'une créature diablement séduisante : une « femme fatale ». Il faut dire que la puberté, et les pulsions en partie destructrices qui l'accompagnent, ne pouvaient que me pousser à flirter avec elle. Comme pour beaucoup, c'est au passage de ce cap qu'une curiosité sans bornes envers la vie se trouva jugulée, retournée par le cynisme partout aux manettes. Pour l'être en quête d'Absolu, il n'est désormais autorisé de libre accès que par les voies morbides. Tous les horizons que je pressentais devoir s'ouvrir en moi restaient clos. Faute de trouver leur vivante issue, mes envies s'oxydaient. Un climat familial au diapason du marasme planétaire explique aussi dans mon cas ce verrouillage des champs qui ont la pensée et la sensualité unies, autant dire la poésie, pour clé. Ma sœur et ma mère sombrèrent chacune dans une profonde dépression. Leur dédale intérieur me donna du fil d'Ariane à retordre. Les années prirent une allure de quarantaine à perpétuité, souvent stridente, percée parfois de meurtrières de rire. Je n'avais plus alors que la mélancolie pour terrain de connaissance et, heureusement, l'art qui la transfigure en son contraire pour ne pas sombrer tout à fait dans ses sables émouvants.

Il y eut une période de deux années, sorte d'écho à celle pendant laquelle mon père cacha son chômage, où ma sœur ne mit pas les pieds dehors. Claquemurée. Je faisais de mon mieux pour l'aider à se colorier les idées. C'était Branwell et Emily Brontë sauf qu'en l'occurrence c'était Emily qui froissait ses ailes éteintes d'oiseau de bonheur. Je fuguais parfois un ou deux jours. J'avertissais au dernier moment que je dormirais chez un copain imaginaire, par téléphone pour qu'on ne puisse m'en empêcher, et je passais la nuit sous la bâche d'une des barques du port des pêcheurs. Nuit souveraine. Doux roulis des grands départs. J'avais aussi l'étrange manie d'entrer dans des maisons choisies pour leur somptuosité, d'y glisser un as de cœur dans des vêtements de femme et d'en repartir ni vu ni connu. En un sens, sur le plan sentimental, je mettrais du temps à me débarrasser de ce syndrome de la Tulipe noire. Je longeais les plages de la Chambre d'amour près desquelles j'avais emménagé. Aujourd'hui ma solitude abrite tout ce qui lie la flamme au feu mais en cette période de sombres dimanches, elle coulait son silence dans celui de mon spleen pour m'occuper tout entier. Ma réserve m'interdisait d'aborder telle jeune fille au regard d'horizon qui avait pour principale séduction de ne pas même avoir noté ma présence dans sa routine scolaire. Aucun garçon ne me semblait être capable de supporter un ami aussi intransigeant que moi. La réputation d'arrogance que cela conforta ne m'a pas plus quitté que cette certitude : les êtres qui courbent l'échine pensent toujours que ceux qui se tiennent droit les prennent de haut. Secret, je le suis resté. Ne serait-ce que pour le vertige d'être découvert. S'il m'arrivait d'être un confident, cela n'entraînait pas ma confiance en retour. Je me disais que si l'on savait en quelle mauvaise part je prenais ce qui était pour les autres synonyme de bonheur, ou que l'on chaussait l'étrange boule de cristal de mon cerveau, je serais renvoyé à un isolement d'autant plus cruel que je serais privé de l'illusion de l'avoir choisi.

Le système scolaire commençait d'être considéré comme le bassin d'emplois de l'Entreprise internationale. La retraite ne rimait plus avec défaite – militaire – mais devenait la part de vie accordée en dédommagement de celle qui aura été si essentiellement subie. Je n'ai pas accompli ce que l'on attendait de moi en me programmant une vie professionnelle. Je ne me suis jamais vu « faire carrière ». Je n'ai pas entretenu l'espoir de décrocher un métier. J'observais mon prochain, j'observais ses réalisations et je vis qu'il ne m'était pas plus envisageable d'appartenir à la communauté de l'un que de me satisfaire des « merveilles » des autres. Ce n'est pas que je n'aie pas essayé de me fondre dans la masse : le confort n'est pas le moindre de ses attraits. En me racontant des histoires, je pouvais peut-être me contenter de ce que les hommes recherchent dans le nirvana du salariat. J'ai tenté et j'ai échoué. N'imaginant pas qu'on soit jamais en quête d'autre chose que de chimères, celles auxquelles se liait mon si lointain prochain m'apparaissaient stupides, quand celles que je devinais à portée de mes rêves (à la lecture de Baudelaire, à l'écoute de Depeche Mode – *nos* Beatles –, à la contemplation de l'océan sur le rivage duquel ma famille déclassée avait eu le flair d'échouer en revenant sur sa terre d'origine) avaient des charmes splendides.

Ma destinée végétait encore dans les limbes. L'art était une barque de Charon plus qu'un tapis volant. J'avais à m'initier à ses sortilèges avant de décoller. Alors la vie répondrait du monde avec la beauté que je lui trouverais. Irrésolu, j'écoutais la nuit, son mutisme de salle d'attente. Le néant me *lançait*. Les tourments d'un esprit romanesque, le lent typhon de l'ennui, le sort en réalité humiliant des gens en place et celui écœurant de leurs passe-plats, le matérialisme qui rémunère en faux-semblants les mois mécaniques, je souffrais de tout ce dont souffre un adolescent s'avisant aujourd'hui qu'on cherche insidieusement à le dissuader de relever les défis dont il devrait importer à tous, en regard de certaines fins élevées, de répondre. Ma mort faisait le vide.

Qui suis-je donc ? me demandais-je avec l'étonnement de l'extraterrestre qui se rend compte de son inhumaine condition. Et je ne savais que répondre – je ne saurais pas plus aujourd'hui. Me sentant relégué d'avance, je comprenais grâce à mes lectures que je serais voué à un constant supplice si je ne me forgeais pas un certain caractère. N'ayant pas de prise sur ce qui contrecarrait l'élan vers la noblesse que je sentais piaffer en moi, je me mis en demeure d'endurer sans broncher les coups au cœur qu'induit même la plus circonspecte des vies en groupe. C'est en moi que je devrais trouver de quoi supporter *les gens.* Qu'ils veuillent bien souffrir que je ne souffre pas leurs souffrances. Je savais que je n'avais rien devant moi qu'un peu de temps, et tout l'infini de la vie dedans.

La petite sagesse de voyage que sous-entend ce parti pris, je n'avais pas treize ans quand je m'entendis en livrer un aperçu inconscient. Le professeur de français avait écrit au tableau la question qu'il posait à la classe : « Que voulez-vous être plus tard ? » Chaque élève devait se lever pour donner sa réponse. Tout le monde y allait de sa déclaration d'intention professionnelle plus ou moins démagogique, plus ou moins révélatrice du milieu d'où provenait le ou la futur(e) quelque chose. Vint mon tour, je me levai. Je me souviens de l'hilarité générale que déclencha ma réponse : « Je voudrais être âgé. » Ce qui est sûr c'est qu'alors j'entendais « sage » dans l'« âge ». J'y invoquais plus secrètement encore une victoire sur celle – ma louve – qui me tentait déjà à l'insu de tous ces petits d'homme barrissant à nouveau, là maintenant, autour de moi.

3e jour

Grenade est lionne ascendant chimère. Elle est juchée en haut d'une vallée qui semble avoir la savane pour arrière-pays et Babylone pour arrière-temps. Après la rosée qui la parfume, l'air serré de midi la torréfie lentement. Très farouche, elle est le silence de monument suspendu entre éclair et tonnerre. Sa bouche rit encore que déjà ses yeux foudroient. Sa périphérie de zones commerciales et industrielles participe du grand ensemble mondial, mais ses venelles qui labyrinthent en font une enclave miraculeusement peu pratique. Mon quartier est une sorte de casbah hantée de femmes fauves aux sourires incalculables. Une école de danse s'y cache : son vaudou me parvient parfois et je poursuis à l'oreille un flamenco pas domestique. Tout à l'heure, j'étais tout près. Je m'étais avancé dans une cour, à l'affût, et le cri d'une chanteuse a poignardé la pénombre. Je me suis retrouvé dans une bodega où l'on me salue d'un *caballero* sonore et j'ai pris un verre et des *flamenquin*. Loin, ma jeunesse torpide quand je n'avalais rien.

Adolescent, je voyais l'existence comme une saignée d'heures vaines pratiquée sur le néant. Désarrimé des rassurantes contingences, de tout ce qui donne substance à la vie « courante » – figée qu'elle est en réalité –, je croyais au mensonge de liberté du revenu de tout. La vanité du monde m'apparaissait comme la seule vérité accessible à l'entendement humain. Que fonder sur ce rien sinon le monument de sa propre impuissance ? L'ivresse de se morfondre atténuait un sentiment d'échec sans merci. L'apitoiement est la panacée à toutes les lâchetés. L'époque se complaisait – avec talent parfois – dans la conviction d'avoir fait le tour de toute chose – ce qui est la meilleure façon de tourner en rond. Se déshéritant ainsi de l'idée de valeur, elle n'avait plus à faire fructifier que ce qui a un prix. C'était la fin du XXe siècle. On entrait de plain-pied dans la dimension du « global ». Le temps et l'espace commençaient d'être techniquement vécus sous le régime de l'instantanéité et de l'ubiquité. La Bourse se configurait sur la planète en tant que Pangée ultime. La politique devenait l'agent de maintenance de l'économie de marché. Un climat d'attentats baignait les consciences. Le travail faisait place à l'emploi et l'emploi au chômage. Le terme « gérer » phagocytait jusqu'au domaine du sensible. Le shopping s'avérait être le plus courant des antidépresseurs. La psychose du sida allait de pair avec un genre de *pornoverdose*. La maîtrise du génome surpassait en conséquences celle de l'atome. La dérision postmoderne, avec son second degré totalitaire, disqualifiait d'avance toute velléité de transfigurer par l'art, par la pensée, le nouvel ordre machinal. La mue du monde s'opérait sous le régime de l'uniformisation. La libération sexuelle se révélait avoir été l'antichambre d'une libération matricielle de portée anthropologique. Longtemps les femmes avaient fait des enfants en tombant enceintes. Longtemps elles étaient tombées enceintes en s'accouplant. Puis elles s'accouplèrent sans tomber enceintes. Puis elles tombèrent enceintes sans s'accoupler. Bientôt elles auront, *on* aura, des enfants sans tomber enceintes. Et puis…

Nous changions d'ère. Je l'ai senti bien avant de le comprendre. Notamment parce que ma mélancolie témoignait aussi, à son échelle, que le genre humain encore traumatisé par les Camps et la Bombe terminait le deuil de son histoire naturelle en inaugurant un devenir artificiel, la Technosmose. Un coup d'arrêt était porté à ce qui aurait dû à ce moment-là donner des ailes à ma plume – un Pentel R 56, déjà. Je m'y essayai cependant, mais surtout sans avoir l'air d'y toucher, m'excusant de me prendre pour un poète grâce à une ironie feinte, remplissant des carnets comme celui sur lequel je suis en train d'écrire, sous-titrant d'idées noires – de cette couleur, elles sont toujours d'emprunt – le film catastrophe contemporain.

J'ignore l'instant exact où ma mort et moi nous rapprochâmes au point d'être inséparables. Un sourd travail de sape a eu lieu dans les fondements de ce qui procédait encore des joies de mon enfance. Elle a peut-être pris racine dans cette déchirure et a poussé jusqu'à l'âme du cœur. À moins qu'au temps de ma maladie elle n'ait déposé les germes qui fleurirent par la suite. Parce que je la portais en moi comme je le portais, parce que ma vie résonnait de toutes les notes que le monde jouait sur elle et sur lui, ma mort avait beaucoup en commun avec l'amour. En prêtant à l'une les attributs de l'autre, je lui donnais du sens. À l'assignation au vase clos de ma louve, *femme fœtale* en réalité, correspondait une certaine mise à distance. Tout se disposait autrement autour de nous. Grâce à ma mort, la suffisance de l'homme industrieux, la grossièreté du frivole, m'apparaissaient en relief. Grâce à elle, le Temps devint le motif de méditations qui portaient sur des échelles riches en rêverie : la seconde, le milliard d'années, l'éternité... Je gagnais, un peu, en épaisseur spirituelle et en légèreté – ce n'était pas dur. À la fréquenter, l'absurdité de certaines entreprises, de certaines professions de foi, de certaines prétentions surtout, éclataient en dévoilant leur fond comique. Elle était, en même temps qu'émolliente, une compagne qui avait le tonus de me faire rire de tout.

Bien sûr notre relation condamnait n'importe quelle autre rencontre. Ma mort est du genre exclusive. Elle accentuait l'isolement complet que son influence m'aidait à supporter. Rien ni personne ne me semblait en mesure d'égaler sa toute-puissance, de me troubler comme son envie de moi me troublait. Car à cette époque, je la trouvais si assidue que tout ce qu'elle m'inspirait constituait une seule et même présence dont je vivais chaque signe comme une nouvelle avance. Cette relation amoureuse, j'ai compris que d'autres ont pu la concevoir : mes lectures furent les stations de mon goût pour ma mort. Le romantisme prit chez moi vers quinze ou seize ans la forme du prisme idéal pour décliner toutes les nuances qu'elle conférait à mon existence. Ainsi je retrouvai en Keats, Novalis et Kleist des traits communs à ce qui nous liait. Keats entretenait un tendre sentiment pour sa mort, Novalis lui attribuait le pouvoir de décupler les intensités de l'univers, quant à Kleist il lui offrit d'être l'artiste de sa vie.

Ce dernier devint pour moi une sorte de frère. Je me reconnaissais en sa manière d'exiger de lui-même des prodiges en deçà desquels il se sentait toujours plafonner. Croyant à l'amour, il s'en trouvait incapable. Croyant à la justice et à la gloire, il était en butte aux prémices de l'ère de déshonneur militaire – et donc de bassesse civile – qu'allait inaugurer en Europe, notamment en Prusse, le triomphe de Napoléon. Dernier rejeton d'une tradition mémorable, il souffrait pour les siens de ne pas voir son œuvre reconnue. À mesure que le découragement l'accablait, Kleist portait aux nues des idéaux contraires à sa nature et contradictoires entre eux : fonder une famille et séduire, avoir du succès et accomplir une œuvre singulière, être utile aux autres et faire bande à part… À moi qui vécus une histoire fusionnelle avec ma sœur, la passion qu'il entretint avec la sienne, prénommée Ulrike, me parlait autant que ses œuvres m'éblouissaient. Le cristal de leur poésie provient d'un aérolithe impénétrable. La diversité de ses modes d'expression, au lieu de me désarçonner, confortait mon idée qu'une sensibilité véritable oblige à l'emploi de registres divers pour entrer en harmonie avec un monde confus. Cette leçon, je tente d'en être digne aujourd'hui mais pour lors c'était la vocation de Kleist pour la mort qui me parlait. Incertain de la force de son travail, doutant de ses qualités d'homme, il ne voyait qu'elle pour atteindre à la perfection désirée. Tout ce qui lui faisait défaut serait absous et transcendé par le suicide. À travers lui sa volonté atteindrait au sublime. Combien je partageais ce point de vue, je ne saurais le dire, pas plus que je ne saurais dire combien m'émouvait sa quête désespérée d'une compagne de grand saut. Ulrike s'étant désistée, après bien d'autres refus, il devrait attendre la rencontre avec Henriette Vogel pour se tirer une balle dans le cœur, mourir à deux et accéder ainsi à l'Absolu.

Il faut dire que si une relation bien particulière s'est nouée entre elle et moi le soir où, enfant, j'ai repoussé ma mort, c'est que j'ai alors acquis une certitude : je n'aurai jamais avec elle qu'un rapport *consenti*. Ayant accompli le miracle de traverser en funambule la minute fatale qu'elle tendait entre deux de mes respirations, je n'imagine plus une rencontre qui ne soit choisie. À une vie indéfinie, hors-sol, je ne pourrai jamais que la préférer puisque je ne me suis pas vu la subir. Je me rends compte qu'elle a relevé de ma volonté dès ce rendez-vous manqué – dès cette première approche disons – sur mon lit d'asphyxie, quand j'ai eu le sentiment de la contraindre d'un geste à *en rester là.* Ce n'est que récemment que j'ai compris pourquoi Kleist me concernait tant, comme me concernaient en fait tous ceux qui s'étaient tués. J'apprivoisais, en me renseignant à son sujet, une question qui, brute, aurait été résolue avec la violence d'un accident et non avec *la poésie* que j'entendais lui donner. Romans, essais, biographies, autobiographies, mes étagères croulaient sous les ouvrages traitant de la mort volontaire, ayant un suicidé pour créateur ou personnage. C'est en la mémoire de ceux-là, de celles-ci, tombés au champ d'horreur du quotidien, ayant préféré choisir leur mort plutôt que de se conformer à une vie de clichés, que je me sens de gagner en âge en demeurant très au-dessus du niveau de l'amer. Oui, des années durant j'ai eu la pensée quotidienne de m'unir à ma mort délibérément. Elle était ma fiancée froide. Que cette obsession m'ait permis de vivre, des experts comme Sénèque ou Cioran le prétendent. Je veux bien les croire, mais c'est un projet de mariage qui donne une saveur très particulière à ce « vivre ».

Si depuis elle s'est affaiblie, au point de me sortir de l'esprit parfois plusieurs années d'affilée, la pensée de nos noces m'a longtemps retenu. J'avais élaboré un nombre considérable de scénarios possibles. À dix-huit ans, j'ai été jusqu'à dérober un bloc d'ordonnances lors d'une visite médicale, après m'être procuré le livre interdit où étaient données les recettes létales de cocktails de médicaments. Je n'avais plus qu'à me rendre dans une pharmacie, ce que je fis. J'ai joué pendant des mois avec l'idée de convoquer ma mort ainsi. Et puis il m'a paru flagrant que je ne mettais pas toutes les chances de notre côté. L'usage de médicaments ne me ressemblait pas, ni à elle donc. Nous avions beau flirter, il s'en fallait de beaucoup pour que nous finissions par consommer notre union en employant une méthode si clinique, si hypocrite. Je savais que les choses deviendraient plus corsées le jour où je me procurerais un revolver. Mourir d'une balle dans le cœur – comme Kleist, comme Maïakovski, comme Debord –, ce serait signer le lieu même de ce qui aura commandé ma vie. Je ne suis pas insensible à ce type de symbole. Pour le genre d'homme exalté que je peux être, il y a de quoi faire rimer tentation et tentative.

Je vois plusieurs raisons au relâchement qu'a connu notre lien ces vingt dernières années. Je les classerais différemment selon les jours. Il me semble évident que la découverte de la sensualité, de la jouissance des sens, a converti beaucoup de l'énergie que je consacrais à la songer en une électricité violemment charnelle. Cette initiation à l'infini du plaisir physique a réduit la force du fantasme de notre accouplement à elle et moi. Son étoile a quelque peu pâli à mes yeux en regard du soleil de la volupté joueuse, intense, sous lequel je mûrissais. Et puis parce que je ne crains plus de lui paraître rustre, j'ajouterais que « tirer un coup », un seul, ne m'a pas suffi et qu'il était maintenant clair pour moi qu'il y avait de plus exaltantes manières de se faire la belle… En fait la « belle » ce fut de moins en moins souvent elle, cette échappée définitive, et de plus en plus ce qui m'en éloignerait : la littérature, les voyages, ou bien *celle* qui m'en détournerait.

C'est à quinze ans que j'ai fait la rencontre de Liv. L'amour, le vrai, ressurgissait dans ma vie pour la première fois depuis mon idylle d'enfance. Nous étions dans le même collège et je reconnus une nuit son visage de chérubin endormi sur une banquette d'une boîte de nuit locale, le Play Boy. Elle m'expliqua par la suite que son sommeil n'était pas dû à l'abus d'alcool, car elle était plutôt du genre à se coucher sobre à 21 heures, mais à l'ennui : elle était l'alibi d'une copine qui venait retrouver son petit ami. Outre le collège où nous nous croisions, Liv me voyait dans la bibliothèque où elle travaillait le week-end. Elle s'était intéressée à ce que j'y empruntais puisqu'elle m'avoua m'avoir surnommé Sören. Elle faisait du surf, lisait les Russes et roula bientôt en Méhari. Je fus son premier amant – il est possible que je sois le seul. Elle lit toujours les Russes, quand elle ne dort pas. Ses yeux s'ouvrent encore au réveil comme deux marguerites pousseraient d'un trait. Elle a des silences de neige. Elle a un rire fourré au miel et méprise l'idéologie de la presse dite féminine. Liv est la personne qui a cru en ce que j'avais à créer avant que je n'ose vraiment me l'avouer. De m'avoir ainsi reconnu m'a sans doute permis de m'atteler dès ce moment à élucider la vie par les mots. Pas une fois depuis que je la connais où je n'aie pu trouver refuge auprès d'elle quand j'ai l'âme en bataille. Dans sa tendresse, je reprends cœur.

Liv, qui me devinait déjà très bien du temps où je songeais sans cesse au suicide, m'a fait lui jurer une chose autour de nos vingt ans. Elle m'a fait lui promettre de me tuer avec elle. À cause de moi, elle connaissait les précédents de Henriette Vogel, de Lotte Altmann avec Zweig, de Cynthia Jeffries avec Koestler, de Yamazaki Tomie avec Dazai. En m'extorquant ce serment assez splendide, elle court-circuita le courant qui passait univoque entre ma mort et moi. Et parce que je n'ai qu'une parole, elle m'a de la sorte fait endosser la responsabilité de sa jolie vie, ce qui est un bon moyen de me faire réfléchir à deux fois avant d'user du Colt double eagle calibre 45 que je me suis procuré il y a dix ans, favela Paraisópolis à São Paulo.

Mes errances m'avaient mené dans ces ruelles de tôle ondulée qui dévalent à pic dans Morumbi. Devant une cabane dont les volets rouillés faisaient un bruit de mouettes, une femme aux seins fanés me regardait. Ses longs doigts pleuvaient de ses mains grises. À côté d'elle, trois chaises étaient assises autour d'une table vide et un homme qui semblait très vieux, peuplé par un milliard de secondes palpitantes, se tenait droit. Il me montra le clavier de piano de son sourire. Je me mis à lui parler dans un anglais sommaire quand un policier arriva. Il croyait que je voulais me procurer de la drogue. Il voulut nous interrompre et chercha à s'immiscer dans notre conversation. Je parvins à rassurer l'intrus et le vieillard qui m'en fut reconnaissant, j'ignore pourquoi, me donna une adresse où je pourrais trouver « the gun of my dreams ».

Outre l'influence bénéfique de Liv qui me tient loin de mon double eagle, comment ne pas imaginer que la tentative de suicide que ma sœur commit le jour de mes vingt-quatre ans, tout comme ma rencontre décisive avec Lady L., n'eût pas de retentissement sur mes envies d'en finir ? Depuis l'adolescence, ma sœur est dans la vie pareille à un cœur de porcelaine dans un magasin d'éléphants. En passant à l'acte elle sacrifia – entre autres – à *mon* dieu et cela eut sur moi l'effet d'une catharsis. Elle s'était tuée à ma place, du moins s'y était-elle essayée en un jour dont le choix était un message que je reçus – d'abord pour moi-même – comme la publication d'un acte de renaissance. Le phénix devenait mon animal totem. Et l'hymne à la joie de revivre, une œuvre à concevoir.

C'est à ce moment-là, la même semaine pour être précis, que j'ai connu Lady L. Il n'est pas interdit de voir un effet de passage de relais entre les rôles que je me suis senti de tenir dans la vie de l'une puis dans celle de l'autre. Quand nous nous sommes rencontrés, Lady L. venait à nouveau d'attenter à ses jours. J'admirais son œuvre d'« écrivain » – au masculin, comme elle tient à ce qu'on dise – depuis ses premiers livres. Une blessure ancienne suppurait en elle, et cette vieille lune ne lui faisait pas de quartier. Lady L. crée – et donc vit – sans filet. Je voyais que tous avaient renoncé à la voir s'attarder sur terre. Au retour de notre premier voyage ensemble, à Prague, je me trouvai avec elle dans son petit appartement de la rue G. Je me revois lui saisir les poignets et les embrasser là où deux cicatrices encore fraîches indiquaient les brèches qu'elle avait ouvertes à sa mort. Par ce baiser un peu solennel je crois avoir voulu suturer son existence. J'ai surtout suturé la mienne. En me jurant à ce moment-là d'offrir à Lady L. tous les horizons d'être – pour l'artiste qu'elle est : les raisons de recréer jusqu'à ce que vie s'ensuive –, je prenais profondément conscience de ce qui axait ma vie depuis longtemps déjà. Ce qui est devenu notre « amitié » n'a jamais fait que conforter ce serment. Dans le jardin du Luxembourg, du buste farouche de Baudelaire au petit Pan flûtiste, des joueurs d'échecs au marronnier plusieurs fois centenaire, il y a un grand losange de mots qui reste des conversations quotidiennes que nous avons eues en nous y promenant pendant des années. Ce losange n'est pas terminé.

4e *jour*

Le soleil violente aveuglément la plaine. Il plante en moi la soif de ciel qui affole les oiseaux. Il agite ses branches de magnolias et court dans les canaux des jardins de l'Alhambra. Il remue dans l'ombre par quelques mouvements d'aile. Je sais son or par cœur. La joie entre par là. Toute la journée je déambule dans la ville fendue. Je passe d'un versant l'autre avec des ricochets de balle. Je sème parfois ma mort, je le sens bien. Et elle, m'oublie-t-elle souvent ? Dans mon quartier gitan, ou dans l'Albacin, il fait blanc dès midi, à en perdre la vue. Entre la lumière et moi, il y a des petites places fraîches comme des patios, il y a des montagnes de fruits et des tranchées de souvenirs à vendre. Parfums d'encens bon marché. Je remonte. Je sens le lisse des marches sous mes espadrilles. Le seuil des maisons enjambe des chiens touffus. Je double l'ennui et son train de touristes. Les minibus peinent. L'horizon me traverse à nouveau les yeux ; le matin, la nuit met la terre à sécher sur son fil désert. Puis elle revient l'étendre dans le grand lit du soir. Il y a une calle Ecce Homo inscrite en bleu dans la faïence. J'avais offert mon exemplaire de jeunesse cette année à l'Arlésienne. Nietzsche est le Virgile de notre Diabolique Tragédie. Il y a aussi une rue Luis Miguel Dominguín. J'ai dans mes notes l'une de ses phrases : « La mort est un mètre carré qui tourbillonne dans l'arène. Le torero ne doit pas marcher dessus quand le taureau vient vers lui, mais personne ne sait où se situe ce mètre carré. »

Il y a des enseignements à tirer du torero comme de tous ceux qui n'en sont pas quittes avec leur mort. Surtout de celui qui officie de face, c'est-à-dire face au taureau, droit, les pieds parallèles et les talons soudés. En présentant le plus de corps aux cornes de la bête, en limitant au maximum les possibilités de l'esquive, en ne misant que sur la maîtrise de son art pour garder la vie sauve, il offre le plus de prise à la mort. Il y a un gain esthétique au postulat éthique du jeu fatal joué jusqu'au bout : s'exposer de la sorte, c'est respecter l'animal – l'adversaire – au point de lui laisser les plus grandes latitudes de mouvement, les plus grandes chances de déchirer l'habit de lumière. Leur danse est alors plus belle parce que plus pure. En incarnant le risque, en habitant ainsi la *faena*, il se métamorphose en vivante métaphore de ce que peut être la noblesse d'une existence. Je suis ému par le torero, comme par le boxer ou par le *big waves surfer* qui, en cherchant la trajectoire parfaite, traque la sensation ultime sur le flanc de monstres à mâchoire d'océan. C'est que ce type d'hommes se confond avec celui d'un autre trompe-la-mort qui, après *mes* suicidés, me sembla exemplaire :

le dandy. Même si elles ne font souvent qu'une, je franchissais le gué de l'adolescence – et échappai à ma mort – en passant de la sphère d'influence des uns à celle de l'autre.

Il s'agit alors grâce au dandysme, comme je l'ai dit de l'art et de l'amour, de retourner ce qui en moi et dans l'époque m'entraînait par le fond. J'aimais plus haut que le monde qui me glaçait du froid dont il éteint la vie. Ma solitude, mon désaccord avec l'ampleur grandissante de la domestication des êtres trouvèrent de quoi s'affirmer dans cette dimension où *l'écart* est le lieu même de la souveraineté individuelle. Il est significatif que la figure du dandy ait éclos à l'aube de l'uniformisation occidentale, quand l'idée d'aristocratie rendit les armes et que triompha la convention bourgeoise. De princes, on n'en trouverait définitivement plus que dans l'éclair qui trancherait le ciel de plomb de la Société se fétichisant elle-même. Il est tout aussi révélateur d'avoir vu le mot et la chose recyclés par ceux-là mêmes qui prospèrent à leurs antipodes. Comme tout ce qui n'a de sens que dans son acception radicale, le dandysme est galvaudé et falsifié par une époque de confusion totalitaire, qui a tout à perdre à se voir opposer des pensées et des attitudes définies avec une précision d'archer.

Aujourd'hui, les fidèles de ce livre d'images pieuses sont les avatars des « lions » louis-philippards, de petits marquis aux discours péteux, y allant de leurs sarcasmes désabusés pour *se distinguer* à d'autant moins de frais que le langage de leur pose est devenu l'espéranto de la planète : vague à l'âme de rigueur et jargon *fashion*. Quant à ce qui pourrait relever du dandysme en amont du XIXe siècle, rien à signaler...

Il faudrait revenir aux origines du terme. Brummell a gravé les tables de la loi dandy. Son destin tragique se caractérise par deux défis de l'Absolu à tout ce qui *relativise*. L'un lancé au monde, l'autre à la mort. Ces deux défis emploient une grammaire de gestes ou de mots lapidaires. Ils formulent une ligne d'insubordination à ce qui est universellement considéré comme dominant la vie : sur le plan du quotidien les diktats de la Société, sur le plan existentiel le primat du néant. Le dandy est un irrédentiste dans l'âme et dans les faits. Sous cet angle, son « esprit » ne date pas de la fulgurance brummellienne. Sous cet angle, son actualité ne peut être confondue avec les postures que la Société valide désormais plus encore qu'elle ne les tolère : le marketing de la provocation, la doxa du cynisme.

Envisagé à l'aune de ces deux défis essentiels, l'esprit du dandysme court depuis que les hommes se sont regroupés en société et qu'ils ont établi des lois de bienséance et des codes d'organisation – jusque dans le crime. Quiconque déroge ou a dérogé à ces normes grégaires, avec le souci d'inscrire sa singularité rien moins que dans l'éternité, grâce à une intelligence bien précise du temps, grâce à un style, celui-là manifeste la vérité de cet esprit. Quiconque veut ou ne peut que vivre en exil hors de tout « lieu commun », loin ou au cœur de – mais jamais *avec* – la foule pavlovienne, ne se trompe pas sur les ressorts exacts qui favorisent le bon fonctionnement de la situation historique dans laquelle il évolue. Quid du dandy véritable quand le monde connaît – avec l'hypertrophie du narcissisme et la congestion du snobisme dans toutes les couches de la société, avec l'avènement de l'industrie du luxe et du showbiz où l'excentricité est centrale… – un phénomène que pourrait cerner l'oxymore « dandysme de masse » ? C'est pourquoi le vrai dandy est un excellent historien. Il connaît très bien la réalité de son époque, quels en sont les dieux – aujourd'hui les démons – à blasphémer, à exorciser, à surpasser.

Serait ainsi désormais dandy qui se jouerait – pour leur nuire – des grands totems du fonctionnement social : l'argent, la mode, le confort, le port de la déprime obligatoire et celui de l'euphorie qui la compense, la « valeur travail », le flou sexuel, le jeunisme, l'instantanéité, la dévotion à la technologie, la grandiloquence, la célébrité, l'impudeur, la sécurité, la brutalité, la dérision, le Nombre. Nous voilà en présence d'un homme, d'une femme, vivant de façon spartiate, discrets sur leurs sentiments, soucieux d'intimité et de solitude, imperméables à la blogorrhée du net, conscients du moment de leur vie et de celui du monde, attentifs à la beauté de la nature, passionnés, doux, rieurs, polis, aspirant à éprouver toutes les émotions intensément, curieux d'histoire et de géographie, indifférents au pouvoir et à toute idée de propriété, rétifs au système des réseaux d'influence, à l'affairement généralisé, sachant observer le silence, capables d'admiration. Deux êtres étranges au carré, insidieusement séditieux, risibles sans doute aux yeux de la grande majorité. Deux personnes dont le dandysme conséquent consisterait d'abord à se considérer *tout* plutôt que dandys. On est loin de ce qui relève du catéchisme en vigueur et de son cliché contemporain : vedettes du rock, icônes de la mode, personnages médiatiques et littérateurs illustrant une ronflante « métaphysique du paraître ». Étant donné la situation mondiale, où règne l'Obscène, il serait plus juste d'envisager le dandysme comme une « physique de la discrétion ».

On pourrait aussi avancer, en vertu du même changement de paradigme, qu'au lieu d'accoutrements m'as-tu-vu ou guindés le vrai dandy détourne pour les porter les uniformes mondiaux : le jean, le survêtement, les tenues de travail, les vêtements militaires. Toujours en fonction de l'inversion des valeurs opérée depuis les débuts du dandysme académique, on donnera la première place à certaines femmes et on ne saura mieux dire que ce théoricien de l'ère du Faux qui écrivait à un ami italien à la fin du siècle dernier : « Il nous suffit aujourd'hui d'être naturels pour étonner universellement. »

C'est vrai, je me fais une idée précise de ce qui a trait au dandysme et de ce qui le dénature. C'est que me remettre parfois dans l'état d'esprit du samouraï urbain – je considère le Bushido comme un bréviaire de dandysme – me garantit contre ma mort. Quoi de plus vertical que ce qui s'adosse à son propre anéantissement ? Il n'est pas inutile de s'en souvenir quand on a le projet – il est temps de me l'avouer – de revenir à la vie le jour de son anniversaire.

6e jour

Le soleil aquilin est princier à l'aurore, royal à midi, impérial au crépuscule. Le grand beau temps va par les fleurs, rien ne s'absente d'elles. Au matin quand elles s'ouvrent on dirait qu'elles essayent le monde. Je les regarde, je les respire : leur haleine se boit d'un baiser. Elles ne sont pas en dérangement, elles parlent le présent. Leurs couleurs clament leur indépendance. En fait la fleur jouit sa couleur. Elle donne plus que ce qu'elle est, et même plus que tout ce qu'elle ne durera pas. Mes quarante ans demain sont peu de chose à côté d'elle qui est l'anniversaire de l'instant, à moins qu'elle ne soit pour elle-même son propre anniversaire. On pourrait se dire à voir la joie que la vie lui fait. L'Alhambra en surplomb a la splendeur d'une oasis. On se nourrit de sa lumière millénaire. Sans doute influencés par lui comme par un astre tonique, les Granadinos ont l'air crâne mais franc – *quedar bien*, « porter beau », est la philosophie locale. Tous les âges se mêlent jusque tard dans les lieux publics, j'aime cette variété-là aussi. On dit que les Andalous ne sont pas commodes – *mala fama* –, cela me les rend sympathiques. Ceux qui ignorent l'équipage que forma la région avec l'anarchie et le brigandage au XIXe et au XXe siècle sont eux aussi sensibles à cet esprit frondeur qui se manifeste aujourd'hui, à la bombe de peinture, sur les murs des vieux quartiers, en raillant les potentats modernes de la mondialisation : *« Fuck off Wikipedia », « Hablo en un idioma tan extraño que no sabia decir Coca Cola », « ¡ Evadiros ! Turn off Facebook »*… Cela me rappelle l'irrécupérable Pays basque. Une chance que ce soit sur sa terre mouillée comme une bouche et sur sa côte sauvage que j'aie passé mon adolescence en apnée, ma mort dans l'âme. En un lieu plus laid, moins ouvert sur le ciel, je n'aurais, je le sais, jamais revu le jour.

L'amour de Liv m'avait réanimé. Le fer du désir cautérisa ma mort. Sa flèche de sang éperonna mon cœur. Je m'emballais. Il n'y aurait plus de manège qui vaille. Tout ce qu'à son minuit l'existence la plus morne refuse et compromet put donner libre cours à une carrière enjouée. J'allai, sans prendre le pli des répétitions qui font le lit de la mélancolie. Je poursuivis des études sans vouloir les rattraper. Il m'en est resté Freud et Hérodote, deux pionniers. Je gagnais du temps, c'est le seul gros lot. Je lisais mieux. J'apprenais. J'apprenais que j'apprendrais. Je voulais vouloir. À la lettre, je faisais connaissance. Je me surprenais à me croire tout permis car je savais la poésie tout permis. Je découvris combien faire plaisir me fait plaisir. J'eus des amantes dont je devins l'ami en restant leur amant. Je souffris, parfois, en aimant des femmes qui ne s'aiment pas assez pour ne pas aimer les hommes qui ne les aiment pas. Je faisais mes armes sans les terminer. La camaraderie ne fut pas mon fort. Je découvris la nuit et sa marée haute d'étoiles dans les yeux. J'affectionnais les gens qui n'ont qu'elle pour vivre une éternité d'ailleurs. Je parlais au hasard – et il me répondait. Je rencontrai deux ou trois génies. Il y avait plusieurs tours du monde dans chacune de leurs idées. L'intelligence m'intimide, celle qui rend intelligent m'électrise. Je vis que les êtres que j'admirais ne me jetaient pas des pierres. Chez moi nulle part, partout à l'aise, comme les orphelins, je prenais confiance. Je vivais des subsides octroyés aux étudiants en psychologie, en « surveillant » les réfectoires de foyers psychiatriques, ou en rédigeant les biographies de détenus passant en comparution rapide. Un jour, un homme qui ébouillantait régulièrement sa petite fille pour la « punir » me sourit.

J'avais la conviction que l'argent n'a pas d'honneur. Avoir un emploi équivalait pour moi à *collaborer* et je ne voulais pas collaborer à un présent que le meilleur du passé et un avenir honorable auraient rendu impossible. Cette façon de voir me valut certaines difficultés auxquelles je continue de trouver, quand elles se représentent, les mêmes solutions. Le froid est la plus pénible des épreuves, avec la faim bien sûr. Quand on a un lit, les draps sont trempés par l'humidité. J'ai beaucoup dormi dans des vêtements d'alpiniste Thermolactyl invendables en fin de saison – prévoir, toujours – parce que récupérés sur les mannequins des magasins de sport. Cela dit j'ai écopé d'une toux chronique. Toutes les dépenses étant réservées au superflu, notamment à prendre des verres dans des endroits plaisants, j'ai appris à me « fournir » sans causer de tort à grand monde : en produits ménagers dans les réserves des palaces, en papier toilette dans les toilettes des cafés les plus chic – question de qualité –, en nourriture à l'heure où tombent du camion de l'imprimeur les tickets restaurant des C.E. de grandes banques. La Tulipe noire s'est faite Arsène Lupin.

En ce qui concerne les vêtements, j'ai la chance d'avoir eu pour voisin, sous les combles rue du Pré-aux-Clercs à Paris, un ancien boxeur qui avait été semi-pro aux États-Unis. D'origine kabyle, il était devenu fripier aux puces de Clignancourt. Totalement analphabète, il me fournissait les blousons, les chemises, les boots enflés de fatigue que j'ai l'habitude de porter en échange de mes services d'écrivain public : je lui remplissais toute sa paperasse administrative. Il m'est souvent arrivé de faire patienter ses conquêtes – pour l'essentiel des Japonaises fans de frusques à qui il avait laissé son adresse – et il me récompensait de les retenir en m'offrant une « pièce » de son stock – j'ai encore une très belle veste en cuir des motards de la police nationale. Évidemment, j'ai été un fraudeur et je m'y connais en cumul d'allocations diverses. Quant aux loyers, versés de la main à la main, ma cellule spartiate dans l'Albacin prouve que j'ai encore pour politique de privilégier l'emplacement de mes appartements plutôt que leur surface ou leur confort : j'ai toujours vécu dans des boîtes à chaussures mais dans des quartiers lumineux et historiques. Enfin Liv m'a souvent aidé pour joindre les deux bouts, et parfois d'autres inoubliés qui m'ont ainsi permis de continuer à créer en me rendant la confiance qui vient à manquer quand, faute d'argent – ou de tickets restaurant –, on enlève le beurre et le sucre de ses courses à la caisse du Leader Price. J'ose espérer que ceux-là ont quand même eu du mal à deviner cette dèche que je n'ai aucun mérite à ne pas afficher puisque je la considère simplement comme le prix à payer par quiconque veut aujourd'hui entretenir sa liberté – à défaut de sa tranquillité – d'esprit.

À la lisière de ma vie d'adulte, je récoltai l'argent qui poussait dans mes poches à coups de petits boulots d'édition et puis je les vendis contre des coins du monde. Cette activité professionnelle cessa lorsque la thébaïde éditoriale qui m'accueillait se fit racheter puis mettre à sac par une vraie lumière des affaires. J'ai alors eu l'occasion de vérifier ce qui prime de la culture ou de l'industrie dans l'industrie culturelle. Je m'étais donc mis à voyager et cela constitua, après Liv, après l'ignition charnelle de mes désirs, une nouvelle étape dans la sortie de mon tunnel mélancolique et dans l'épanouissement de ma conscience – l'une n'allant pas sans l'autre il me semble. Europe, Asie, Amérique, Afrique, Polynésie, j'en pris plein la vie. Je perdis ma mort de vue.

J'ai ainsi eu l'impression – une sorte de révélation – d'éprouver *de l'intérieur* tout ce qui se transformait à l'échelle de l'espèce : une population s'indifférenciant partout, l'urbanisme métastasique des mégapoles, le stade magique atteint par la technologie, les campagnes fantômes, les « espaces verts » aménagés dans des lagons artificiels, la barrière de corail décalcifiée et le pergélisol empuanti par sa propre débâcle. Cette expérience sensible focalisa mon point de vision, et donc une grande part de mes notes puis de mes livres hybrides, sur la mutation générale du vivant. Je prenais place, et ma fin avec, dans une séquence qui dépassait très largement les coordonnées de ma vie et qui s'inscrit dans un changement de station du genre humain. De quoi en faire rabattre à ma mort minuscule.

Pourtant si chaque fois que je suis parti je l'ai laissée sur place, cela ne signifie pas que je n'ai jamais cru la retrouver en voyage. Avec ses yeux de torrent et son corps de Sahara, elle m'y prenait parfois au dépourvu. Je me souviens de la plage de Quy Nho'n, au Viêt Nam. D'énormes chauves-souris rayaient les airs avec des aboiements de chien. Le couchant se noyait dans un bain de sang. « Un vent de folie » : si cette expression a jamais soufflé sur un lieu pour y déraciner les cœurs ce fut bien ce soir-là. Une force venue de ce qu'il y a de plus vulnérable en moi me donnait cet élan vers le pire qui a l'envie d'en finir pour bolide et la vitesse du vide. Il s'en fallut d'un rien que je ne me jette dans les flots noirs et que j'avale à pleins poumons le souffle de pierre de la noyade. Heureusement, je n'étais pas seul, et le soin que je devais prendre de Lady L. qui m'accompagnait me rappela au désordre de vivre. L'espace d'un instant je vis la peur que mon vertige lui inspirait et je m'en voulus. Souvent, ce sera l'océan qui m'appellera et ma mort, au fond, Commandeur à voix de sirène. À Biarritz, à Bahia, à Cabo de Gata, à Lagos, à Syracuse, à Tetiaroa, à Maurice, à Waimea… face à toutes les mers – si Monsieur Freud me permet – me tournera la tête, l'ivresse d'agir à l'excès, pour sentir enfin qui de nous deux *prend* l'autre. Ce n'est pas la vie qui aime les gens prudents, c'est la mort qui adore les imprudents.

8ᵉ jour

L'horizon mûrit son aube, il se donne un début. Il glisse sous le vent vert derrière l'Alhambra. La vie recommence avec le solfège d'instants que roucoule la fontaine à l'angle de la rue. Le ciel prend de l'élan. La lumière est plus neuve que la rosée, plus neuve que l'inconnu. Elle va ouvrir son silence. C'est avant la ronde des premiers moteurs.

Tu voudrais faire de tes mots, de tous tes actes, un matin pareil à celui-là. Tu as quarante ans depuis tout à l'heure et il est temps de faire peau neuve. À partir de maintenant tu pourras dire sans te tromper : il n'aura pu en aller autrement. Tu arrives à la moitié de ton existence. Ce

« milieu du chemin » n'est pas une manière de fixer rendez-vous à ta mort pour tes quatre-vingts ans. Il est pris dans la légende d'une vie qui veut se donner son *espérance* pour tout critère.

Tu penses à l'infinitésimal big-bang qui eut lieu le 18 septembre avant ta naissance – tu t'es renseigné. Tu penses au maelström de protéines et d'enzymes qui a spiralé le vortex de ton A.D.N. Tu penses à la fusion nucléaire puis à la fission moléculaire qui en quelques milliers de nanosecondes agença tout ce qui métabolise encore ta matière, tout ce qui génère ta durée. Tu penses aux cent vingt heures infinies pendant lesquelles la nébuleuse incandescente de tes cellules traverse les trois dimensions et en fait ta galaxie embryonnaire. Déluge des sels minéraux, magma du sang, tectonique des os, cœur oxygéné, souffle des neurones. C'est parti, tu arrives. Joie primale. Et puis voilà que tu écris à présent face à l'aurore, dans la lumière qui creuse tout ce qui n'est pas.

Tu n'as aucune idée de l'endroit où se trouvait ta mort à la seconde initiale. Tu voudrais dire « en toi » sans bien comprendre, comme pour une jumelle spectrale qui, elle, a ta vie pour genèse. Tu l'as revue encore hier soir. Tu rentrais en taxi d'une soirée. Tu en étais parti tôt car tu sais que pour bien vivre la fête il faut lui faire ce qu'elle te fera si tu restes : la quitter. Le chauffeur somnolait au volant et puis, lancé à fond sur une avenue, il s'est endormi. Tu n'as rien dit. La Mercedes fonçait toutes vitres baissées dans une lumière de bloc opératoire. Tu as eu le frisson du joueur qui met tout sur le rouge. Tu as pensé au mot « testament », au fait que tu n'en as pas rédigé un, et puis tu as songé à ton anniversaire. Tu avais rendez-vous avec ta naissance aujourd'hui. Ta mort s'est éclipsée, un peu contrariée t'a-t-il semblé à un certain fouetté de brise chaude sur ton visage. Le type a sursauté en se réveillant. Il s'est cabré sur son volant et a mis un méchant coup de frein en te jetant un regard dans le rétroviseur. Tu lui as souri aussi doucement que la voiture a ensuite glissé dans les ruelles de l'Albacin.

Quand tu vas bien, tu nais tout le temps. C'est l'un des aspects de la mélancolie mondiale que d'avoir escamoté l'événement individuel de la naissance – comme celui de la mort – sous un protocole médical et derrière un sinistre compte à rebours scandé par des bougies de gâteau. Dans le meilleur des cas on met une vie à se réapproprier cette date cruciale, à ressaisir sa destinée. C'est que le « bonheur » étant devenu le nirvana que la Société doit atteindre, l'idée de destin est totalement niée, l'un et l'autre n'étant pas forcément compatibles. Ensorcelé par l'idéologie du « progrès » scientifique et par la montée en puissance des innovations biotechnologiques, on n'est même plus ce qu'on naît. Ni vraiment homme, ni vraiment femme, ni « vivant » au fond. On naît rien. Et cette matière à « débats de société » n'est qu'un début. Plus le monde technique s'oppose à la vie, plus on l'entend expliquer, navré : « c'est la vie... » Il fallait sans doute en arriver là pour n'avoir plus un jour à mourir : *le* projet de fond du processus en cours. Pareil au héros qui dédaigna la mort et au saint qui dédaigna le monde, le poète désormais dédaigne la machine.

Écrire ici cette sorte d'exorcisme correspond à commuer ta peine en avenir, mais d'un point de vue plus général, écrire a toujours équivalu pour toi à *parler la vie.* N'en déplaise à Fitzgerald et à sa sentence d'homme brisé, la création demeure une « entreprise » non de « destruction » mais de résurrection. Tu as apprivoisé ta louve grâce à elle, dès l'adolescence. Tu lui as même fait des livres comme on osait encore dire il y a peu d'un homme qu'il fait un enfant à une femme. Tu fus salué pour tes textes de spleen. Mais toute idée de « recette » t'a paru trahir ce qui *fulgure* dans les mots et voilà plus de quinze ans que tu as refusé de devenir l'un de ces rentiers du désastre qui ont fait un système de leur déprime et un dogme de leur pessimisme compassé. En semant ces « aînés » – des moniteurs d'auto-école qui tiennent absolument à ce qu'on les prennent pour Fangio et qui ne veulent pas entendre qu'on a juste commencé là où ils finissent – tu as fait prendre à ta vie intérieure le large qu'on ne rend à personne.

Il faut du temps pour se trouver en une période de confusion générale. Petit à petit, c'est à la vie que tu as fait des livres. Il aura fallu pour cela sortir ta mort de ton périmètre d'insécurité. C'est une existence entière qui décide de la forme du pur « instant » que doit prendre une pensée pour traverser les siècles. La création donne lieu à ce genre de baptême – pas uniquement pour l'œuvre mais pour leur auteur aussi –, et la reconnaissance, même superstitieuse, qu'elle induit un jour ou l'autre est chaque fois une renaissance spirituelle.

C'est un jour à ne plus rien comprendre au gris. Le bleu du ciel est hors de lui. La lumière vocalise un été permanent. Le soleil y met du sien. Tu fixes son midi sans répit. Il te semble écouter le monde de tout son silence. Il te semble même écouter fêter ce jour par écrit. Tu veux croire qu'il entend ta main danser ce que tu penses sur le papier doré. Tu sens son feu en toi donner tort à ce qui donne tort à ton élan vital. Ton cœur s'enracine dans sa flamme bien mûre et fleurit dans ta main qui trace. Tous les mots reprennent sens depuis une semaine. Ils sonnent vrai à nouveau. Ils s'ébrouent, puis se cabrent et s'envolent dans les choses qu'ils disent. Un jardin de plus dans la pierre de ta mort.

Tu te sens te hisser à la pointe de ton être, en haut de ta solitude, là où tu vibres à tout, là aussi – tu as les abîmes de tes cimes – où tu tiens à un fil à ce « tout » qui t'emporte. Grâce au portable, tu reçois quand même des nouvelles, après en avoir donné à tes parents puisque cela fait longtemps que tu as décidé qu'un jour comme celui-là c'est à toi de saluer qui t'a donné la vie. Tu as pensé à ta mort quand ton père a frôlé la sienne, il y a deux ans. Étrangement, elles ne t'ont semblé n'avoir aucun air de famille. Quand il est sorti de son black-out, la première chose qu'il a réussi à dire fut sa réponse à l'infirmière qui le sollicitait chaque matin au cas où il réagirait. Comme elle le lui demandait, il lui a dit soudain qu'il n'arrivait plus à lire mais que, lui, avait un fils qui écrit. Il avait traduit tes livres sur des grands cahiers dans sa langue maternelle. Avec un père comme lui, on ne manque pas de repères.

Liv évidemment t'a souhaité bon anniversaire à la première heure, et Lady L. et les deux amis qui savent où tu te trouves. Même la surfeuse à la belle boucle de ceinture corail et turquoise que tu as rencontrée hier soir t'a envoyé un sms. Cela dit, tu as quarante ans et tu n'as pas d'enfant pour te fêter ta naissance. Quel âge n'a-t-on jamais quand on n'a pas été fait père ? Quelle part de peur entre chez toi dans cette impasse qu'habillent tes grandes déclarations d'indépendance, tes professions de liberté ? À quel enfant as-tu voulu épargner la peine que lui ferait ta mort ? Quel enfant n'est pas venu glisser un « papa » entre elle et toi ? Lorsque, comme en ce moment même, tu te sens seul comme jamais, que l'univers entier te prend pour présence, la caisse de résonance de l'instrument du monde devient la présence de cet *enfantôme*.

Tu le sens l'Arlésienne ne te fera pas signe, immergée qu'elle est dans la vie dont elle t'a fait renoncer à changer le cours conjugal. Tu ne lui en veux plus pourtant, elle ne devrait plus avoir à t'en vouloir de lui en vouloir. Or elle t'en veut de ne plus lui en vouloir. Tu connais ces âmes en peine-là. On n'est pas choisi quand on leur donne le choix. Elles ne supportent d'être dans la vie que de celui qui n'est pas dans la leur. Alors elles dissuadent celui qui veut accueillir plus que kidnapper, et elles se mettent aux abandonnées absentes. Son silence aujourd'hui est sa manière d'en dire long. C'est émouvant. Segalen considérait qu'on n'oublie rien en voyageant mais que l'on donne juste « un territoire plus vaste à ses manques ». C'est vrai. Comme il y a la difficulté de quitter une personne, il y a la difficulté de quitter celui qu'on serait devenu avec elle.

Longtemps tu as cherché dans les passions amoureuses le stupéfiant à même de faire s'évanouir ta mort dans la nature. Tu avais le flair pour dénicher ce qui pouvait te perdre. Tu penses à cette marchande d'armes, vamp faisant des tours du monde sans jamais poser un pied ailleurs que sur les tapis des grands hôtels. Il y eut aussi la harpiste au corps helmutnewtonien. Elle jouait nue en hauts talons pour toi, proue d'un voilier d'ivoire, son instrument entre les cuisses. Il y eut ces deux Danoises qui longeaient les rives du Pacifique en buggy. D'autres fêlées encore te donnèrent envie de te sauver après t'avoir donné l'espoir de les sauver. As-tu remarqué que c'est toujours parce qu'une jeune femme ne finit pas par ressembler à Liv qu'elle commence à te déplaire ?

Quand tu as bu la tasse, tu as fait attention à ce que ton cœur ne sèche pas avec tes larmes. Tu as de plus en plus aspiré à vivre un amour purgé du pathos familial dont on réchappe tous plus ou moins bien et pour lequel la Sentimentaline contemporaine fait office de soin palliatif. Sans doute aussi dois-tu à ton histoire avec la petite fille à Fontainebleau de considérer que le lien amoureux n'est ni un câble d'amarrage ni un cordon ombilical mais un fil de diamant. Et que l'amour vaut ce qu'on lui veut.

Les ombres s'étirent jusqu'à demain. Volume du jour, masse de la nuit, c'est le delta du crépuscule. Le soir n'est pas fatigué. Il est en pleine forme même. Il se fond avec délice dans plus foncé que lui. Même le temps ne souffre pas de passer, il reste lui-même. La ville règne dans son silence d'étoile. Je vois l'Alhambra, grand sphinx blond, s'illuminer doucement. Il va diffuser ses radiances de braise. Cela te rappelle l'enfance, les moments où il n'y avait pas de quoi partir. Tu écoutais les hirondelles strier le soir de leur tournis, et puis ce que les autres appelaient « rien » : les brins d'herbe qui se redressent derrière ton ballon, la succion de la terre autour des jonquilles que l'on vient d'arroser, l'insecte qui « attaque » le chêne, les feuilles des arbres chatouillant le poitrail du vent à son passage. Avant l'orage, tu trouvais que la nuit se taisait plus fort. Tu reconnaissais les nuages qui savaient où ils allaient, ceux qui suivaient le mouvement et puis ceux pour qui « aller » était le but même, les « nuages sages ».

Tu aimais les couleurs des fleurs et la lumière qui les comblait. Tu vivais leur odyssée quand le jour les traverse. Tu avais des envies qui sont encore les tiennes : te voir comme te voit un cheval, comme te voient une mouche, l'oiseau, l'arbre. Te voir comme te voit la lune. Tu aimais faire des choses que tu voudrais refaire : imiter une couleur, imiter le bleu par exemple. Imiter une plante. Imiter un paysage... Il t'arrivait de commettre des choses dont tu as un peu honte : écrabouiller une araignée, faucher de belles fougères et en rire très fort avec cette joie divine qui frise la colère et l'assassinat. Ton énergie venait de loin. Elle avait pris la terre entière pour élan. La main des chemins se tendait vers toi. Tu étais incroyablement sauvage avec d'étranges craintes : tu te protégeais des autres qui te paraissaient vouloir ramener un souvenir de toi comme on t'aurait pris une branche, une racine, un morceau d'écorce, une feuille, un bourgeon, au risque qu'il ne reste plus rien de l'arbrisseau que tu t'imaginais être avant d'avoir fini de mûrir.

Tu oubliais l'océan pendant des mois. Plus rien à lui songer. C'était grâce à la forêt que tu t'éprouvais au grand, au profond. Et puis tu le retrouvais de retour sur la Côte basque pour les vacances. Comme évidemment il se tenait à la même place, tu avais l'impression qu'il t'avait attendu. Et aujourd'hui, qui t'attend à Paris ? Tout s'éloigne de ce que tu as connu, et l'idée d'un retour avec. Ici, en revanche, la vie vient à toi. La surfeuse d'hier soir par exemple t'a laissé un nouveau message pour te proposer de la rejoindre sur un *spot* près de Cadiz. Minuit s'endort dans sa pâleur d'argent. Quarante ans et vingt-trois heures. Renonce à la connaissance si tu crains la douleur, renonce à la joie si tu crains la connaissance. Si tu reviens à toi, ta mort se meurt-elle ou bien fait-elle juste la morte ?

9e jour

Las Caracolas se trouve à quinze kilomètres de Cadiz. On a fendu des plaines entièrement bâchées : des milliers d'Africains invisibles y travaillent les primeurs de l'Europe par cinquante degrés sous vide. Le bus a titubé une heure sur une méchante route avant de me jeter à son arrêt avec quelques surfeurs, planches glissées dans des carquois fluos. La surfeuse m'attendait. C'est vrai, elle est assez licorne pour être le frisson d'un cœur à l'horizontale. Elle m'a laissé le guidon du scooter qu'elle a loué et on a roulé vers la plage. Pas de casques. La mer était en orage ce matin. J'ai tout de suite été dans le bain, tellement d'opéra devant moi. Les nuages déferlaient dans le ciel, les vagues se dressaient avec une grâce de cauchemar. On aurait dit que l'eau massive se les arrachait une à une. Une fois debout, échevelées, elles frissonnaient puis flanchaient lentement comme de grands cèdres foudroyés. Cinq rideaux de rouleaux défilaient par séries avant de se briser dans des gerbes de verre pilé. Les contempler agrandissait mon souffle. Le vent venu en foule semblait pouvoir les fendre. Sur la plage, il peignait d'un pinceau de sable le squelette des bois roulés et soufflait l'Afrique dans les cheveux craquant de sel. La surfeuse longea la roche des falaises noires à éclater et se jeta littéralement à l'eau.

Elle rame et l'océan la rêve. La vague chaude, toute à son givre d'écume, salive sur son corps quand elle va la happer. Alors d'un coup de reins la belle plante se lève. Pas plus de pesanteur dans l'onde qu'une source dans l'ombre. Mouvements d'épaules souples, fuselage des cuisses, rondeur de cosmos de la poitrine, les longues mains ouvertes comme des ailes d'épervier, elle écrit sur la vague dans la langue de son corps. Plus tard elle est sortie de l'eau vêtue du cuivre d'un soleil tout propre. Sous les triangles de son haut de maillot, saillaient les pâtes de fruits de ses tétins mordillés par le froid. Elle m'a embrassé le regard d'un sourire et j'ai versé ma main dans sa chevelure ruisselante.

On est rentré au bungalow. Il y a dans les nuits d'ici l'ombre qu'ont feulée ses yeux clairs. Son désir, je l'entends du regard. L'instant nous fixait d'un miroir posé par terre. Ses caresses ont fleuri le long de ma peau. Le bout de ses seins drus entre mes doigts qui pincent. Dans l'étreinte animale on recommence un monde. On s'est dit des saloperies choisies. Le bois du lit faisait l'arbre. Le plaisir entre nous passa de oui en oui entre ses beaux cris rouges. Néant anéanti.

J'aime les femmes de mon âge. Au moins la misère du vieux beau en panique de minettes ne sera pas la mienne. Et d'abord je nous sens plus de choses à nous dire. Si certaines ne sont pas conditionnées depuis l'adolescence par les stéréotypes qu'imposent le consumérisme, c'est qu'elles ont du caractère. Passé les couperets du boulot et du bébé réglementaires, elles restent jeunes comme un futur. La surfeuse vit à Séville. Elle est née à Madrid et son père est américain. Elle est séparée et a une petite fille. Elle dessine des bijoux maintenant. Il ne lui manque rien quand elle veut rester nue. Ses seins sont deux pains chauds et mes mains sont affamées. Rien n'éclaire le soleil à part elle quand elle rit. Elle aime ce qui n'a pas d'équivalent, ce qui est gratuit, ce qui a le prix de l'argent, le souffle de la vie, ce qui a la peau de la mort. Elle pense qu'il y a des vérités qui échappent à notre conscience comme il y a des couleurs qui échappent à notre vision, et que l'art lui permet de les saisir. Elle aime les bruits les plus anciens de la terre : ceux du vent, du feu, de l'eau, des volcans, de la pluie, du tonnerre, des vagues. J'ai retrouvé dans les centaines de citations que j'archive dans mon iPhone celle de Baldomero Fernández Moreno qui lui convient : « Une jeune femme joyeuse et excitante comme une liste de cocktails. »

Aujourd'hui l'eau est calme, abreuvée de silence. La tasse de café refroidit à mesure qu'elle réchauffe l'univers. Les petites vagues dont le jupon froufroute sont d'une mousse si éblouissante qu'elles lavent le regard. Chaque oiseau est une aube qui traverse la journée ; il trace des sources dans les airs. La crique est un bassin de pierres blondes où le ciel se baigne. Il y a un chien qui joue au lion sur une roche que les millénaires grignotent. Le filet dans la barque rêve de trapézistes comme celui dans le cirque doit rêver de poissons. Il n'y a que le vent qui ne tient pas en place. Je ris avec la surfeuse qui ne craint pas d'être drôle. Mes mains, mon souffle, mon cœur retrouvent leurs esprits. J'écris contre et avec vents et marées. Le soir les gens viennent boire un coup, profiter du couchant : la civilisation, c'est du bon vin pas cher. De jeunes baraqués torse nu, shorts et chaussures de sport, garent leurs énormes japonaises. Contre-jour. On voit leurs ombres lentes sur le quartz des flots. À la nuit tombée, ce petit monde quittera les lieux, juste avant que le paysage en fasse autant. La surfeuse entrera dans l'eau comme un clair de lune. Et puis je comprendrai qu'un chignon défait rend lascif un visage. Nous referons l'amour une seule fois mais une fois innombrablement nouvelle.

11e jour

Grenade. La ville installe dès le matin son loisir intégral. L'azur a un froissé de soie sombre et puis le soleil s'éparpille sur la limaille d'eau des fontaines. Sa lumière y bruisse comme un feuillage d'argent. Les fenêtres miroitent doucement. Le vent chaud nidifie dans les airs. Je respire des yeux le bleu froid des hauteurs où l'esprit se délivre. Vers 14 heures les gens rentrent comme des coucous dans leur pendule d'heures de bureau. Ils en ressortiront libérés. Tout le monde dans les mêmes bodegas : les vieux bien endimanchés avec des gamins dans les pattes et des brunes aux yeux minuit ourlés d'éventails. Elles passeront bras dessus bras dessous, une rose dans les cheveux, dans un brouhaha vivant, la nacre d'un sourire à leurs lèvres lourdes. D'ici là sur les places vides, le silence est de garde ; le Temps y repose. L'ombre fraîche se terre. Elle a mûri dans les cloîtres luxurieux des patios. Elle a une odeur de femme humide. Chaque son a son silence, chaque ruelle son immobilité, chaque oiseau s'habille d'un vol immense pour filer d'une margelle à l'autre. La laideur est une perquisition. Une publicité à la gare disait d'un jean qu'il est « l'uniforme du progrès ». La mue du monde toujours en marche… C'est aux façades que s'affichent les dégâts de la monnaie unique. Partout des pancartes *« se vende »*, comme les écailles d'un crépis qui tombent d'une ruine. Heureusement les Granadinos ne paniquent pas malgré les insultes quotidiennes que l'euro de droit divin fait à l'Espagne, après que la camarilla de ses comptables se soit, avec la Grèce, essuyé les pieds sur l'héritage de Périclès. Ils savent qu'un pays endetté ne signifie pas qu'il est insolvable. À moins qu'on le saisisse puisqu'il est décrété « en faillite ». L'Alhambra (avec le Parthénon, La Dogana, la tour de Belém...) relocalisé à Bruxelles dans un parc d'exposition à péage, ou bien vendu aux enchères. Rien n'est perdu. Toute époque est grande là où elle doit être inventée pour devenir. Il faut y réfléchir. Une autre fois. J'écris au plus profond des heures. Je vendange la variété de vivre. J'en tire une liqueur pour mon crayon laser. Toujours à la recherche du secret de ma mort, j'approche. « C'est froid », me souffle-t-elle pour m'égarer.

J'arrive au bout du chemin de Melmoth que ses métamorphoses lui ont permis d'accomplir. Ma sœur jumelle au jour de ma naissance est devenue la Dame qui m'a visité enfant pour m'emporter par la maladie. Elle est revenue vers moi en beauté fatale au baiser de suicide. J'ai failli lui succomber et jusqu'à récemment elle a prouvé sa force d'attraction. Avec le temps, elle ressemble de plus en plus à sa marraine la Mort et plus largement à ce qui relève de nos jours de son gouvernement, de la santé du nihilisme qu'elle sécrète et consomme, du fiel de ses prestataires installés.

Après l'avoir assignée à résidence dans le domaine de ma volonté, voilà que je la compare à ce qui ne cesse de couper les « l » du mot merveille, à une hôtesse de l'air du temps. Je sens bien que je ne suis pas tout à fait juste envers elle, mais c'est en la voyant comme la-filleule-à-sa-marraine qu'elle ne me méduse plus. Cette année, affaibli, je fus à nouveau plongé dans l'état où elle m'apparaît dans sa beauté de jamais. C'est donc qu'elle est encore changeante, encore en gestation pourrait-on dire.

Je ne la confonds pas avec la décomposition qui m'effacera de la surface de la terre. Ma poussière m'indiffère. Pas de temps à perdre avec le temps perdu. Je sais de toute façon que je ne laisserai pas à une maladie le soin de jouer sur le tard les entremetteuses entre nous. Je ne laisserai pas ma mort me tuer en mon absence. Elle m'aura vivant.

Je ne l'exclus pas du « vaste pays » de mon âme, elle lui donne son relief. Je tiens juste à ce que notre ultime rencontre soit de l'ordre du couronnement et non de celui de la remise de médaille. Je n'ai ni à l'idolâtrer ni à la mépriser. Un lien sacré nous fait *correspondre* elle et moi, un lien dont je suis, je le sens, sur le point de trouver le fin mot.

Je mesure combien mes conjectures sont hasardeuses mais définir ma mort précise d'abord les coordonnées de mon vol, son amplitude, sa profondeur. Qui sera-t-elle pour moi quand je ne serai plus ? Nous marierons-nous à la seconde fatidique ou bien s'effacera-t-elle alors du néant comme moi de tout le reste ? Se transfigurera-t-elle en la très hypothétique postérité de mes écrits ? Sa marraine la Mort lui a-t-elle dit qu'elle souffre de l'art comme le vampire de l'ail ? Dans ce cas, la convertirais-je en ce sur quoi elle n'a pas prise ? Ce livre lui donnera-t-il le jour ? Est-il son vrai lieu de naissance ? Me devrait-elle ainsi la vie ? M'en voudra-t-elle, ma petite louve ? Elle a si longtemps été ma fiancée froide. Je comprends maintenant qu'elle est la fille que j'aurai avec la vie. Voilà, c'est à cette pensée que je la *reconnais.* Ma mort est la fille que j'aurai avec la vie. C'est venu comme on trouve un prénom à son petit.

12e jour

J'ai rangé mon double eagle dans une trousse de toilette. Une rose de silence éclot dans le suicide mais je vois d'autres splendeurs partout, et en chacune d'elles la chance me sourire. La nuit se réveille. D'une guitare qu'on caresse ruisselle tout un plaisir de notes. La vie prodigue à chaque instant le miracle qui la prodigue. Elle s'appuie contre le ciel avec le plus clair de son temps. La seconde est sans lendemain, elle s'appartient. Ma chambre est minuscule mais la vue est immense – c'est mieux que le contraire. Je regarde la ville qui brasille en bas comme les étoiles au-dessus. La lune est une canine d'or dans la gueule d'un loup. Un nuage va donner aux montagnes sa caresse violette. Des couples d'amoureux passent dans ma ruelle, ils se voyagent. En sautillant, une mendiante pieds nus fait danser leur chemin. Les touristes rentrent aux abris des restaurants trilingues. Les ampoules allumées gobent la lumière du jour. Un essaim d'hirondelles se jette une dernière fois à la gorge du vent. Le soir est une saison où se découpe en bleu le patron des murs blancs. Des mobylettes fusent dans un bruit de klaxon. J'écoute de l'espagnol : il pétarade entre amis, vrombit dans la barbe du vendeur d'éventails, courbe sa voix rêche sous les cils d'une œillade. Je commence à rêver dans cette langue de lamé or. J'ai visité les dimensions du jouir qu'on traverse grâce à elle. Des flammes nagent dans l'eau qui longe son incendie.

L'Alhambra veille. Je vais aller me glisser dans ses jardins comme dans un lit aux draps de rêve. J'aime les parcs la nuit. On s'y fait enfermer à l'air libre. C'est autour la prison. On devient le mustang d'une plaine secrète. On visite un silence. Les arbres brassent le ciel. Les statues en vol géostationnaire tournent avec la terre à vingt-huit kilomètres seconde. Je vais essayer de passer par quatre chemins.

Mon ombre me double sous chaque lampadaire. Je fends des groupes qui boivent leurs rires au fond de leurs verres. Depuis combien d'années les feuilles mortes reposent-elles en tas comme de petits feux de camp aux flammes de papier ?

J'avais repéré un passage dans l'enceinte. Je me suis élancé du pare-chocs d'un bus du côté du Realejo. Je suis monté sur un horodateur et mes bras ont grimpé le long des bras d'un chêne. Je suis resté un temps la tête renversée, joyeux au bord du saut, les jambes balançant dans le vide pas haut, mes mains énamourées des grosses rides solides au creux desquelles elles allaient glisser pour me poser sans mal.

Je dois me méfier des rondes et du réseau de surveillance vidéo. Ça me connaît. Je sais les angles morts et les heures de guet. Cela dit la vigilance est relâchée. Il n'y a rien à voler ici, et rien à dégrader pour provoquer le scandale. Les gens se désintéressent de toute cette liberté à portée de la main, de toute cette liberté à prendre au centre des cités. Je vole un livre d'heures à vivre. Le nez lit ses fleurs, les yeux ses étoiles, la langue lit l'eau de ses canaux bruissants, les doigts lisent ses pierres, tout l'esprit les siècles cristallisés en chaque point de lumière.

Je zigzague au ralenti entre les torches noires des cyprès. La nuit viendra s'y nicher pour la journée. Mes pas chuchotent un peu de poussière. Je me sens plus léger d'avoir compris qui est ma mort. L'indulgence à son égard, une sorte de tendresse aussi, me soulagent de ce que mon désir d'elle avait de harassant. La voir sous un nouveau jour est mon instant définitif. Et la mettre au monde ici, c'est renaître à moi-même.

Si elle ressemble à sa mère la vie, elle est farouche, absolue dans les manifestations de son intraitabilité, sensuelle et savante. Je souhaite qu'elle tienne plus d'elle que de sa marraine la Mort, mauvaise et sotte. Mais cela ne dépend encore que de moi au fond.

Je me suis allongé sur un banc près de la fontaine aux lions. J'aime leurs pattes fortes. Ces sculptures ont des mains de sculpteur. Les meilleures pour l'amour, si la musique y vibre. Mais y a-t-il plus musical que ce que taisent les belles sculptures ? Je me souviens de l'exposition Henry Moore au musée Rodin. On entendait le chant grave ou soufflé des caresses dans chaque bloc narratif. Il y avait l'Arlésienne. Je lui avais offert un harmonica la veille et elle était revenue avec la lèvre fendue d'avoir passé la nuit dessus. Je n'ai pas su déjouer le sort qui la cantonnait aux dérobades. Il fallait avoir le cœur bien accroché mais son rire m'accélérait.

Je repense à la surfeuse. Je me sens doué d'elle. Je réentends sa voix, elle signe de sa douceur au bas du silence. « Tellement » est sa température. Je devrais peut-être la rejoindre à Séville. J'ai le voyage pour tout bagage. La vie est courte à la longue.

L'impression d'être au sommet de la nuit. Les heures ne passent pas et la caravane aboie. Le quotidien va revenir en tenue de service.

Je vais en finir, mais en finir avec ma mort cette fois. Penser *qui* elle est, la créer, la convertir en un principe vital, ce fut lui donner un corps de Verbe. Elle peut vivre sa vie à présent, elle a la mienne devant elle. Alors qu'elle se fasse oublier. Un infini m'attend dans tout ce qu'elle n'est pas.

La Belle

Les aubes sont bandantes. Elles ont une main dorée qu'on voudrait leur demander. Le bourgeon du soleil nous prépare une sacrée fleur. Le ciel est à l'heure. J'aime son vol sans escale. Je crois que toute beauté m'encourage.

Composé par FACOMPO à Lisieux (Calvados)

Cet ouvrage a été imprimé
par la Nouvelle Imprimerie Laballery
pour le compte des Éditions Grasset
en février 2013

Nº d'édition : 17605. – Nº d'impression : 301235
Dépôt légal : mars 2013
Imprimé en France